Pol. Lintzirin-Gaina, B-3
20180 Oiartzun (Guipúzcoa)

Adaptado por Teresa Rodríguez.

Ilustraciones: Ignacio Majoral

Diseño y maquetación: Bicom

El Lazarillo de Tormes

Prólogo

Yo por bien tengo que las cosas extraordinarias que hasta ahora me han ocurrido no queden perdidas en el olvido. Y por esta razón las escribo, con el ánimo de que puedan agradar a unos o entretener a otros. Decía Plinio que no hay libro, por malo que sea, que no tenga algo bueno. Y no le falta razón.

Claro está que los gustos no son todos iguales. Lo que unas personas jamás probarían, otras se mueren por comerlo y saborearlo.

Y si no fuese de esta manera, pocos escribirían. El escribir es trabajoso y el que escribe espera una recompensa. Y aunque no quiere dinero, desea que

su obra sea conocida, que muchos la lean y que, si en verdad lo merece, no se prive de alabanzas o de algún reconocimiento.

¿Quién podría pensar que el soldado que pasa su tiempo batallando no teme a la muerte? La teme, sí, como la tememos todos. Pero pone su vida en peligro

animado por el deseo de recibir grandes elogios y causar mayor admiración.

¿A quién podría incomodar que le digan que lo que ha hecho es maravilloso? A mí no me pesaría.

Y pues Vuestra Merced me ha pedido que le escriba para saber de mi vida, daré larga respuesta a

la petición y tendrá entera noticia de mi persona. Hay hombres que nacen herederos de nobles fortunas, porque la suerte ha sido con ellos muy generosa. Pero no faltan, y merecen respeto, los que nacen sin ella y, remando con fuerza y maña, consiguen llegar a buen puerto.

Tratado primero

Cuenta Lázaro de quién es hijo y algunas cosas más

Así pues, sepa en primer lugar Vuestra Merced que a mí me llaman Lázaro de Tormes y que soy hijo de Tomé González y de Antona Pérez, ambos los dos naturales de Tejares, un pueblo pequeño, una aldea de la provincia de Salamanca no muy apartada de esta ciudad.

Mi nacimiento tuvo lugar en el Tormes y de este río tomé yo mi sobrenombre.

Mi padre, que Dios le perdone, tenía el cargo de llevar el trigo a un molino de agua que había en la ribera del Tormes, en donde fue molinero por más de quince años. Y una noche, estando mi madre en el

molino, embarazada de mí, le llegó la hora de dar a luz y allí mismo me alumbró. Y por esta razón, bien puedo yo decir que nací en el río.

Así, poco a poco, fue pasando el tiempo y con él fui cumpliendo años y creciendo. Hasta que, a la edad de ocho y para gran desgracia mía, ocurrió lo que ahora

contaré: acusaron a mi padre de que se quedaba, con malas artes, parte del trigo que le confiaban para que lo moliera. Según decían, de cada saco hurtaba un poco y por ello lo llevaron preso.

Y como él nada negó, sino que lo confesó todo, fue castigado y perseguido por la justicia.

Algún tiempo después, se armó un ejército para presentar batalla a los infieles. Y mi padre, por aquel entonces desterrado a cuenta del asunto del trigo y del molino, quiso formar parte de él. Así, entró a servir a un caballero para atender al cuidado de sus caballos. Y con aquel señor acabó su vida.

Viuda mi pobre madre, sin marido y sin siquiera un techo bajo el que cobijarse, tomó la decisión de venirse a vivir a la ciudad. Alquiló una casita y encontró ocupación guisando para unos estudiantes y lavando la ropa de los mozos de caballos del señor Comendador de la Magdalena. Y de tanto ir y venir,

hizo amistad con un hombre moreno de los que cuidaban a los caballos. Él empezó a visitar con frecuencia nuestra casa y yo, al principio, le tenía miedo. Pero viendo que con sus visitas comíamos bien y no nos faltaba leña con la que calentarnos en invierno, le fui cogiendo cariño.

Y así estuvimos hasta que mi madre me dio un hermano, un negrito muy bonito con el que me gustaba mucho jugar. Y no faltándonos qué comer, pasábamos el tiempo con alegría.

Pero un día, nuestra alegre fortuna cambió. El mayordomo del Comendador de la Magdalena tuvo

noticias de la vida de mi padrastro y mandó que se averiguara más. Entonces se supo que hurtaba la mitad de la cebada que le daban para las bestias y que también cogía leña, paños y mantas de los caballos, diciendo que se habían perdido. Y cuando otra cosa no encontraba, les quitaba las herraduras.

Aunque aquellas cosas las hurtaba con la buena intención de entregárselas a mi madre, para que no le faltara con qué criar a mi hermanito.

Todo quedó probado por la justicia. Todo y otras cuestiones que ahora no diré, porque entonces dije mucho. Con amenazas me preguntaron, y yo, con

miedo, respondí verdades. Hasta llegué a contar que había vendido las herraduras en una herrería del lugar a la que mi madre me había mandado.

La justicia quiso entonces castigar a mi pobre padrastro, que fue azotado, además de otros graves castigos que recibió.

En cuanto a mi madre, le quedó prohibido entrar en casa del Comendador de la Magdalena y también tuvo que aceptar que no volvería a verse jamás con mi padrastro.

Así, una vez más se quedó sola, sin techo y sin ayuda. Y por evitar el peligro y las habladurías,

decidió abandonar nuestra pobre casa y nos llevó a mi hermano y a mí con ella a buscar unos amos a los que servir.

Y los encontró en el mesón de la Solana, en el que, sufriendo mil y más contratiempos y otras tantas desventuras, se acabó de criar mi hermanito y yo me

hice mozuelo. Que si los huéspedes me mandaban a por vino, yo a por vino iba y si me pedían que fuera en busca de candelas, yo corría en busca de candelas o de cualquier otra cosa que quisieran mandarme.

Y por aquella época, entre tantos huéspedes que entraban y salían, vino a parar al mesón un ciego.

Según parece, aunque ciego, me observó con gran atención. Y considerando él que bien podría yo servirle de guía, enseguida me pidió a mi madre. Y ella me entregó, diciéndole que era hijo de un buen hombre que había perdido la vida por defender la fe junto a un caballero, su señor, y que confiaba en que

yo sería tan buen hombre como él. Le rogó que me tratase bien y que cuidase de mí, pues era huérfano. Él respondió que así lo haría, y que no me recibía como mozo sino como hijo.

Y de esta manera pasé yo a servir y a guiar a mi nuevo y viejo amo.

Nos estuvimos en Salamanca unos días. Y aunque no faltó quien nos diera alguna moneda, un poco de esto y algo de lo otro, a mi amo le pareció pequeña la ganancia y decidió que sería mejor que nos fuéramos de aquella ciudad. Entonces yo quise despedirme de mi madre.

Volví al mesón de la Solana y allí, llorando los dos, nos abrazamos y, mirándome a los ojos, me dio su bendición y dijo:

–Hijo, ya sé que no te veré más. Intenta ser bueno y que Dios te guíe. Yo te he criado y ahora te dejo con buen amo. ¡Válete por ti mismo!

Y yo me volví con el ciego, que ya me estaba esperando, pues deseaba ir cuanto antes en busca de mejores ganancias.

Me puso la mano sobre el hombro y echamos a andar. Y de este modo, poco después, dejamos atrás la ciudad de Salamanca.

Al rato, llegamos mi amo y yo a un puente en cuya entrada había un animal grande, de piedra. A mí me pareció un toro. Y el ciego me pidió que me acercara al animal.

–Lázaro, pega el oído a este toro. Oirás gran ruido dentro de él –me dijo.

Y yo hice lo que el ciego me mandaba, pues en todo creí lo que me acababa de decir. Pero cuando sintió que yo tenía la oreja pegada a la piedra, se acercó, abrió bien la mano y con ella me golpeó y me estampó la cabeza contra la piedra. El golpe me dolió tanto, que tres días enteros estuve dolorido.

Y viéndome así dijo, como quien da un consejo de inmenso valor:

–¡Necio! Aprende que el mozo de un ciego tiene que saber más que el diablo.

Y empezó a reírse como si aquella burla fuese lo más gracioso del mundo.

Yo sentí que en aquel instante despertaba de la inocencia en la que, como niño, había vivido hasta entonces. Y pensé:

"Verdad es lo que el ciego me dice. Más me vale avivar el ojo y estar alerta. No tengo a nadie y debo valerme por mí mismo".

Y así, yo muy dolorido y él no menos orgulloso, seguimos nuestro camino.

En los días siguientes, me enseñó la jerga de los ciegos, ese modo de hablar tan particular con el que dicen cosas que solo ellos comprenden. Y además, otros asuntos que él consideraba de interés.

Y como le pareció que ponía gran atención a lo que me enseñaba, que no era torpe y que aprendía con rapidez, se alegró mucho y me dijo:

–Ten en cuenta, Lázaro, que yo oro y plata no te puedo dar, pero consejos y avisos... ¡conmigo nunca te han de faltar!

Sepa Vuestra Merced que desde que Dios creó el mundo, ningún hombre puede haber sido ni será tan astuto ni tan sagaz como mi amo.

¡Cuánta virtud hay en quienes se esfuerzan y salen de la miseria en que nacieron y cuánto vicio en los que caen en ella llevados por la negligencia!

En su oficio, el ciego era un águila. No había otro como él. Sabía cientos de oraciones y en la iglesia rezaba con un tono bajo y muy reposado, con gesto humilde y devoto y con gran contención. Nunca, como otros, pretendía llamar la atención haciendo grandes aspavientos y extraños ademanes.

Además de rezar y pedir en las iglesias, tenía mil maneras de conseguir dinero.

Decía saber oraciones que curaban muchos y muy diversos males: para mujeres que deseaban tener un hijo, para las que estaban embarazadas o para las que se quejaban de sus maridos. Afirmaba que no había

en el mundo quien supiera de medicina la mitad de lo que él sabía, pues en asuntos de dolores de cabeza, de muelas o de desmayos, nunca le faltaba un buen remedio:

–Haced esto y haced también esto otro. Coged tal hierba y encontrad tal raíz –decía a las mujeres, que

siempre en su busca andaban. Y cuanto les mandaba hacían. Y gracias a ellas, ganaba más mi amo en un mes que cien ciegos en un año.

Pero también quiero que sepa Vuestra Merced que con todo lo que ganaba y tenía, jamás vi hombre tan avariento ni tan mezquino. Y a mí me mataba de

hambre. En verdad digo que si yo no hubiera sabido arreglarme por mi cuenta, habría muerto a poco de entrar a su servicio. Con mis buenas mañas, no me faltaba qué comer. Y para ello le hacía unas burlas endiabladas, de las cuales alguna contaré, aunque no todas acabaron bien para mí.

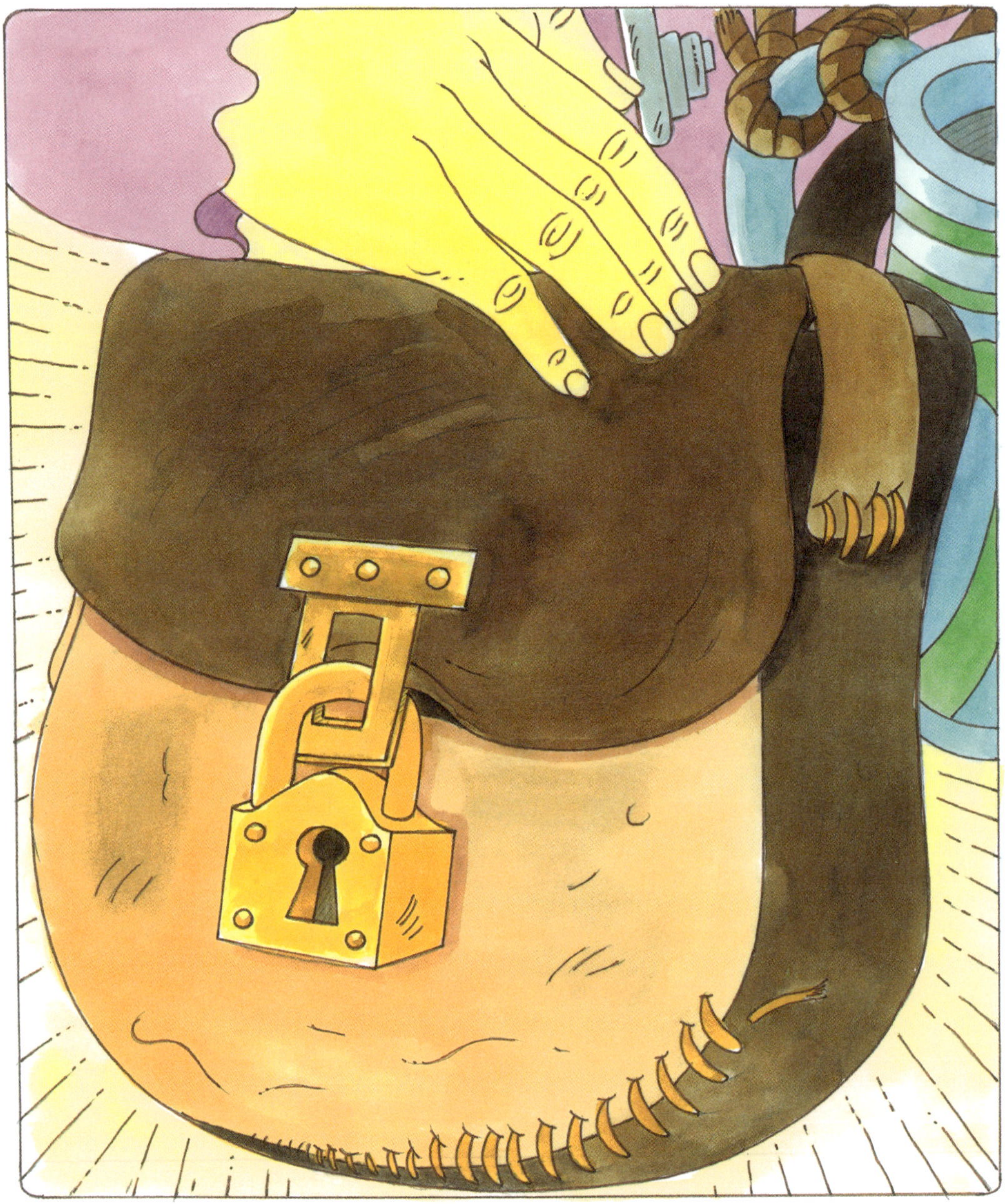

Él siempre llevaba el pan y otras cosas de comer en una bolsa grande que cerraba con una argolla de hierro y un candado con su llave. Y cada vez que metía o sacaba algo, lo hacía con tanto cuidado y atención, que no había hombre en el mundo que pudiera quitarle ni una migaja.

Yo me comía lo poquísimo que me daba y en dos bocados había terminado. Pero cuando acababa él de comer a voluntad y cerraba el candado, yo descosía un lado de la bolsa y sacaba de ella buenos pedazos de pan, torreznos y longaniza. Y así ponía remedio al hambre.

Y cuando podía, le sisaba una moneda de poco valor y me la guardaba en la boca. Si alguien le pedía una oración y le daba una moneda mejor que la mía, yo, al instante, la cambiaba. Mi amo ciego, que no sospechaba nada, protestaba diciendo que desde que estaba con él la gente no era tan generosa. Y por ello,

ni siquiera terminaba la oración. Me tenía dicho que en cuanto se alejara la persona que la pedía, le diera un tirón en la capa para avisarlo.

Al comer, pues para él nunca nada faltaba, mi amo ponía a su lado un jarro de vino, y yo, rápido como el rayo, le daba un par de buenos tragos y lo dejaba en

su lugar. En cuanto cayó en la cuenta, no lo soltaba de las manos. Y no hallando otro remedio, me hice con una paja larga de centeno y por ella tomaba el vino. Pero a los pocos días vi con asombro que mi amo ponía el jarro entre las piernas y lo tapaba con la mano. Entonces, ya desesperado, di en pensar de qué

otro modo podría yo seguir tomando aquel vino de mi amo que tanto me gustaba.

Y se me ocurrió hacerle al jarro un agujero muy pequeño y taparlo usando un poco de cera. De este modo, al ir a comer, yo fingía tener mucho frío y me ponía entre las piernas del ciego para calentarme en

la escasa lumbre que él hacía. Con el calor, la cera no tardaba en derretirse y del jarro empezaba a manar un fino hilo de vino. Y yo ponía la boca debajo de tal modo y manera, que ni una sola gota se perdía. Así, cuando el pobre ciego iba a beber, no hallaba nada con qué refrescarse la garganta.

Se alteraba mucho y maldecía el jarro y el vino, pues no entendía cómo podía ser aquello.

–No diréis que os lo bebo yo, pues no le quitáis la mano de encima –le dije.

Pero tantas vueltas y tantos tientos dio al jarro, que al final encontró el agujero y descubrió la burla.

Aunque lo disimuló tan bien como si nada hubiera descubierto.

Al día siguiente, mientras aquella dulce y fina fuentecilla dejaba caer el vino en mi boca y teniendo yo la cara mirando hacia el cielo y los ojos medio cerrados para mejor disfrutar del momento, sintió el

burlado ciego que era ya tiempo de tomar venganza. Alzó aquel jarro dulce y amargo y, con todas sus fuerzas, me lo rompió en la cara. De manera que yo, descuidado y gozoso, pobre de mí que en aquel momento nada malo esperaba, sentí que el cielo y todo lo que en él hay se me había caído encima. El

jarrazo me dejó sin sentido y me quebró los dientes, que aún hoy sin ellos sigo. Y los trozos del jarro se me metieron en la cara y me la rompieron por muchas partes.

Y así, desde aquel momento quise mal al ciego, que aunque me cuidaba y me curaba, bien noté yo

que había disfrutado con el cruel castigo. Me lavó con vino las muchas heridas que el jarro me había hecho y, sonriendo, entre otras gracias que no eran de mi gusto, decía:

–¿Qué te parece, Lázaro? ¡Lo que te causó dolor ahora te cura y te da salud!

Pero en cuanto estuve un poco curado de mis heridas y cardenales, empecé a pensar que el ciego no era buen amo y que mejor me sería marcharme de su lado. Y decidí que lo haría cuando se me presentara una buena ocasión. Pues aunque yo deseaba olvidar el asunto del jarrazo y perdonarle, él no me allanaba

el camino: sin causa ni razón, me golpeaba, me daba coscorrones y me tiraba del pelo. Y si acaso alguien nos veía y le recriminaba que maltratara a un niño, enseguida sacaba el cuento del jarro:

–¿Pensáis que mi mozo es un pobre muchacho inocente? ¡Pues escuchad lo que me hizo!

Los que aquello oían se quedaban pasmados y, santiguándose, respondían:

–¡Quién iba a pensar que hiciera tal ruindad! ¡Castigadlo, que bien merecido lo tiene!

Y eso hacía. Así que yo procuraba llevarlo por los peores caminos, a propósito, por molestarlo y hacerle

daño. Si había piedras, por ellas pasábamos y si había lodo, por lo más alto. Y aunque yo tuviera que sufrir, no me importaba, ¡me alegraba pensando en que él sufría el doble!

Y siempre tenía el bastón listo para arrearme. Yo le decía que no había caminos mejores, pero él no me

creía, tales eran su astucia y su gran entendimiento. Y buena prueba de ello es lo que a continuación paso a contar: cuando nos fuimos de Salamanca, quiso venir a estas tierras de Toledo. Decía que las gentes toledanas eran más ricas, aunque poco limosneras, pero que más da el duro que el desnudo. De camino a

Toledo, donde encontrábamos buenas ganancias, allí nos quedábamos un tiempo y donde no, al tercer o cuarto día nos marchábamos.

Llegando a un lugar que llaman Almorox en el tiempo en que cogían las uvas, un vendimiador le dio un racimo de limosna. Y como no podía guardarlo, ya

que estaban las uvas muy maduras y, además, para contentarme, pues aquel día me había dado muchos golpes, decidió hacer un banquete. Nos sentamos y me dijo:

–Ahora quiero que comamos este racimo de uvas de modo que tengas tú de él tanta parte como yo. Y de

esta manera se hará: tú cogerás una vez y yo otra, con tal de que me prometas no tomar cada vez más de una uva. Yo haré lo mismo hasta que lo acabemos y así no habrá engaño.

Nos pusimos ambos a comer, pero él enseguida empezó a tomar las uvas de dos en dos, pensando

que yo hacía lo mismo. Viendo que me engañaba, yo las cogí de tres en tres.

Y acabado el racimo, se estuvo un buen rato con el escobajo en la mano y dijo:

–Me has engañado, Lázaro. Sé que te has comido las uvas de tres en tres.

–No lo hice –respondí yo, sorprendido–. ¿Por qué pensáis eso?

–Porque cuando yo las comía de dos en dos, ¡tú callabas! –exclamó el ciego.

Aquella respuesta me hizo mucha gracia. Aunque yo no era más que un muchacho, admiraba la gran

astucia y el especial entendimiento que tenía mi amo. Y por no ser prolijo, dejo de contar aquí otras muchas cosas graciosas que me ocurrieron con él. Aunque no quiero dejar en el olvido lo que de él me despidió.

Estábamos en Escalona, en un mesón, y me dio un trozo de longaniza para que se la pusiese a asar y una moneda para que le comprase un poco de vino. En el mesón sólo estábamos él y yo, y quiso la suerte que en el fuego hubiera un nabo pequeño y alargado, que sin duda acabó allí por no valer para la olla. En un instante, rápido como el rayo, saqué la longaniza del

asador y dejé el nabo en su lugar. Tras entregarme la moneda, el ciego cogió el asador y empezó a dar vueltas al nabo entre las llamas. Y yo, mientras iba a por el vino, me comí la longaniza.

Estaba mi amo a punto de dar un bocado al nabo, que tenía entre dos rebanadas de pan, cuando volvía yo con el vino.

–¿Qué es esto, Lazarillo? –me preguntó, alterado, al morder el nabo.

–¡Pobre de mí! –contesté yo–. Acabo de llegar y traigo el vino. Alguna persona habría por aquí que seguramente, por haceros una burla, cambió el nabo por la longaniza.

–No, no, no –dijo él–. Eso no es posible, pues no he soltado el asador de la mano.

Juré y perjuré que yo no tenía nada que ver con aquel asunto, pero de nada me sirvió, pues nada había que pudiera escapar a la astucia del ciego. Se levantó, me cogió por la cabeza y se acercó para

olerme. Y algo tuvo que notar, pues para asegurarse, desesperado como estaba, me abrió la boca y me metió en ella la nariz, larga y afilada. Y por eso, por el gran miedo que yo tenía y porque la longaniza aún no se me había asentado del todo en el estómago, salieron de mi boca a la vez la nariz del ciego y la mal

digerida longaniza. ¡Oh, Dios mío! Ojalá estuviera yo entonces sepultado, pues muerto ya estaba. Fue tal la furia que se le desató al ciego, que si no hubiera acudido gente al oír mis grandes gritos, sin duda me habría matado. Me sacaron de entre sus manos, en las que dejé yo buena parte de mi pelo y, además,

unos buenos arañazos, que bien merecidos se los tenía por la mala vida que me daba. Entonces el ciego contó mis desastres a todos los presentes, el del jarro, el del racimo y el que acababa de padecer mi pobre persona. La gente se reía con tantas ganas, que hasta los que pasaban por la calle entraban a ver de qué era

la fiesta. Y cierto es que lo contaba con mucha gracia, pues sintiéndome yo lloroso, a punto estuve de reír. Pero me vino entonces a la mente una gran torpeza mía: podía haberlo dejado para siempre sin narices y no lo hice. ¡Que su nariz entró en mi boca y yo sólo tenía que apretar los dientes!

Así, la mesonera y otras personas que allí estaban me lavaron la cara y las heridas con el vino que le había llevado para beber. Y no perdió mi amo la ocasión de hacer alguna gracia.

–Más vino me gasta este mozo en lavatorios en un año ¡que bebo yo en dos! –dijo–. Más vida le debes al

vino que a tus padres, Lázaro. Pues aunque ellos una vez te la dieron, el vino mil veces te la ha salvado.

Todos rieron la burla, pero estando yo ya decidido a dejar al ciego, acabé entonces de convencerme.

Al otro día salimos a pedir limosna por la villa. Llovía y nos resguardamos en unos soportales. Pero

cuando empezó a atardecer y la lluvia no paraba, mi amo me dijo:

–Esta agua es muy porfiada y cuanto la noche más se cierra, más llueve. Volvamos a la posada.

Para llegar a la posada había que pasar por un arroyo que iba muy crecido.

–El arroyo lleva mucha agua –dije yo–. Si queréis, podemos cruzar por un trecho que ahora veo y por el que no nos mojaremos si damos un buen salto.

Como la idea no le pareció mal, me respondió:

–Eres muy avisado, Lázaro. Por eso te quiero bien. Llévame a ese lugar en el que el arroyo se estrecha,

que ahora es invierno y el agua no apetece, y mucho menos llevar los pies mojados.

Pero en lo que yo me había fijado era en un gran poste de piedra, recio y macizo como pocos. Y lo llevé derecho a él. Como llovía tanto y el ciego se estaba mojando, y con las prisas que tenía por salir de allí y,

lo más importante, porque Dios le cegó en aquella hora el entendimiento y me dio lugar a la venganza, el ciego, confiado, me dijo:

–Colócame bien y salta tú primero.

Y yo lo coloqué lo mejor que supe frente a aquel poste de piedra y salté con salto seguro.

–Saltad todo lo que podáis, no vaya a ser que caigáis en el agua –le dije.

Al instante, el ciego cogió impulso y saltó. Y fue tal el golpe que se dio con la cabeza en el poste, que sonó como si se hubiera quebrado la piedra. Y él cayó hacia atrás con la cabeza rota.

–¿Cómo? ¿Oliste la longaniza y no oliste el poste? –dije yo, en voz bien alta para que me oyera.

Y allí lo dejé, en poder de la gente que lo había ido a socorrer. Apuré el paso y, en poco tiempo, llegué a Torrijos. Y ni volví a saber nunca de él, ni hice nada por averiguarlo.

Tratado segundo

Cómo Lázaro se asentó con un clérigo
y las cosas que con él pasó

Y al día siguiente, pensando que en Torrijos no estaba muy seguro, me fui a un lugar que llaman Maqueda. Allí conocí a un clérigo que me preguntó si sabía ayudar a misa. Yo le dije que sí. Y era verdad, pues aunque me maltrató mucho, mil cosas me enseñó el ciego y esa era una de ellas.

El clérigo me tomó a su servicio pero, con ello, escapando del trueno di en el relámpago. Porque aunque el ciego era la avaricia misma, muy bien podría parecer generoso comparado con este clérigo. Tenía un viejo arcón y lo cerraba con una llave que siempre llevaba con él, atada y bien atada.

Cualquier alimento que entraba en la casa iba a parar a aquel arcón y al instante lo cerraba el clérigo con su llave.

En toda la casa no había cosa alguna de comer, como suele haber en otras: un poco de tocino colgado para ahumarlo, un queso puesto en una tabla o en un

armario, o un canastillo con los trozos de pan que sobran de la comida. Yo pensaba que, aunque no los pudiera comer, al menos con verlos me alegraría. Pero lo único que a mi alcance estaba era una ristra de cebollas que el clérigo guardaba en una cámara en lo alto de la casa, cerrada con llave, claro está.

De estas cebollas sólo me daba de ración una para cuatro días. Y cuando le pedía la llave para ir a por ella, si acaso había alguna persona presente, me la ponía en la mano diciendo:

–Toma. Y devuélvemela pronto, no vayas a pasar el rato comiendo más de la cuenta.

¡Como si en aquella cámara guardara los más exquisitos bocados del mundo! Y aunque conmigo tenía muy poca caridad, consigo usaba más. A diario comía y cenaba cinco tajadas de carne, pero yo jamás la probaba. Con suerte, me daba un poco de caldo claro o algún hueso pelado.

–Toma, come, triunfa, que para ti es el mundo. Mejor vida tienes que el Papa –me decía.

“Así te la dé Dios” –pensaba yo, desesperado.

Y al cabo de tres largas semanas de estar con él pasando hambre, sentía tal debilidad que tenía que hacer un gran esfuerzo por tenerme en pie.

Y él, para ocultar su mezquindad, me decía como si no le faltara razón:

–Los sacerdotes han de ser templados en el comer y el beber. Por eso yo no me excedo, como otros.

Y mentía, pues cuando íbamos a una cofradía o a un entierro, a costa ajena comía más que un lobo y

bebía más que nadie. Y que Dios me perdone a mí, pues como en los entierros yo comía, estaba siempre deseando que alguien muriese. Aunque en los seis meses que allí estuve no murieron más que veinte.

Pensé muchas veces en dejar a aquel amo tan ruin y tan mezquino, pero por dos cosas no lo dejaba. La

primera, porque ya no confiaba en mis fuerzas, por temer la flaqueza en la que el hambre me tenía. Y la segunda, porque pensaba que si habiendo dejado al ciego llegué al clérigo, ¿qué me esperaba después?

Hasta que un día en que mi amo no estaba, llamó a la puerta un calderero. Le abrí y me preguntó si

tenía algo que arreglar. Yo me quedé pensando que si pudiera arreglarme a mí, no haría poco. Pero al instante, le dije:

–He perdido la llave de este arcón y temo que mi amo me azote cuando lo sepa. ¿No podría ser que entre esas que lleváis alguna le valiera?

Mientras el calderero probaba, una tras otra, todas las llaves que tenía, yo rezaba. Hasta que, cuando yo menos lo esperaba, vi el arcón abierto y los panes que guardaba. Miré al calderero y le dije, agradecido:

–No tengo dinero para daros por la llave. Mirad si podéis cobrar de lo que ahí se ve.

El hombre cogió un pan, el que mejor le pareció, y se fue contento, aunque más contento quedé yo.

En aquel momento no toqué nada, por no hacer mayor la falta. Pero al día siguiente, en cuanto mi amo salió de la casa, abrí aquel paraíso de panes y pude al fin comerme uno. Después, me puse a barrer

la casa con gran alegría, pensando que se acababan mis tristes males de hambre. Estuve alegre ese día y al siguiente, pero al tercero me topé con mi amo ante el arca, contando y volviendo a contar los panes. Yo disimulaba y, en secreta oración, le pedía a San Juan que lo cegara.

Y cuando llevaba ya un rato echando la cuenta, contando por días y dedos, dijo:

–Si no tuviera yo este arcón a buen recaudo, diría que de él me han cogido algunos panes. Y para cerrar la puerta de la sospecha, voy a llevar mejor la cuenta de ellos. Quedan nueve y un pedazo.

Aquellas palabras me atravesaron el corazón como si fuesen las flechas de un cazador. Y el estómago, viendo llegar de nuevo las penas pasadas, me avisó de que tenía hambre.

En cuanto mi amo salió, corrí a abrir el arcón. Y al ver los panes, me quedé mirándolos, pasmado. Cogí

uno y empecé a darle besos. Y los conté todos, varias veces, por si mi amo se había equivocado en sus cuentas, pero no. Al rato, del que ya estaba empezado, cogí un trozo pequeño y así pasé aquel día, no tan alegre como el anterior. Aunque en los siguientes, el hambre iba creciendo. Y en cuanto me quedaba solo,

corría a abrir el arcón. Hasta que se me ocurrió una idea: como el arcón era grande y viejo, y estaba algo roto por algunos sitios, bien se podría pensar que le entraban los ratones.

Así pues, aunque no me era conveniente comerme uno entero, abrí el arca y empecé a desmigajar pan en

un mantel. Cogí uno, lo desmigajé un poco y volví a ponerlo en su sitio. Y cogí otro y otro más. Saqué migas de tres o cuatro panes, me las comí y algo me consolaron el hambre.

Cuando mi amo abrió el arcón y vio lo que allí había ocurrido, me llamó.

–¡Lázaro! ¡Mira lo que les han hecho esta noche a nuestros panes!

Y yo, fingiendo una gran sorpresa, le pregunté qué podía haber pasado.

–¡Qué va a ser! –respondió él–. ¡Los ratones, que no dejan cosa con vida!

Nos pusimos a comer y quiso Dios que yo tuviera más suerte que de costumbre, pues el clérigo cogió los panes roídos por los ratones, o eso pensaba él, y con un cuchillo los fue recortando.

–Cómete esto, Lázaro. Sabido es que los ratones son animales limpios.

Y así, aquel día, teniendo yo a mayores la ración del trabajo de mis manos, o de mis uñas, mejor dicho, acabamos de comer, aunque yo nunca empezaba.

Al rato, oí un estruendo en la casa y vi a mi amo quitando clavos de las paredes y buscando tablillas. Y empezó a tapar los agujeros del arcón.

"¡Oh, Señor! –pensé entonces–. ¡Y qué poco nos duran los placeres de esta trabajosa vida! Creía yo que con este buen remedio había puesto fin a mis largos días de hambres, pero ahora, con los agujeros ya cerrados, se han cerrado las puertas de mis consuelos y se abren las de mis desvelos".

–¡Ratones traidores! Os conviene cambiar de casa, pues me temo que en esta nada vais a conseguir –dijo mi amo al acabar.

En cuanto se fue, yo corrí a ver qué había hecho. Y comprobé con espanto que en el arcón no quedaba agujero por el que pudiera entrar ni un mosquito.

Así, pasaron unos días. Como la necesidad es gran maestra y viéndome yo con tantísima, el hambre me avivó el ingenio.

Una noche, estando desvelado y oyendo roncar a mi amo, me levanté en silencio. Cogí un cuchillo y con él me fui hacia el arcón. Y por la parte que me

pareció más vieja y carcomida, lo clavé hasta hacer un buen agujero. Después, abrí el arcón y, como había hecho ya antes, con cuidado de que pareciera obra de ratones, desmigajé un poco de pan. Aquellas migas llevaron consuelo a mi estómago y, con ellas, me volví a acostar. Dormí un poco, hasta que me

despertó un gran alboroto. Era mi amo que, al ver los daños que tenía el arcón, maldijo a los ratones y se puso otra vez a clavar tablillas en él.

–No puede ser –gritaba, enfadado y sorprendido–. ¡No me lo explico! Nunca jamás ha habido ratones en esta casa, ¡hasta ahora!

Esa misma noche, me levanté mientras él dormía y volví a clavar el cuchillo en el arcón. Y lo que yo deshacía de noche, él reparaba de día.

–Este arcón es tan viejo que ya no puede resistirse ni a un ratón. Mejor será que busque una ratonera y cace a los ladrones desde dentro.

Y por la noche, estando la ratonera en el arcón con unas cortezas secas de queso, además de las migas, me comí las cortezas.

Mi amo se quedó tan sorprendido con el caso, que llamó a los vecinos para contárselo. Y uno de ellos le dijo entonces que bien podría ser culebra, y no ratón,

la que rompía la madera y se comía el pan y el queso sin caer en la trampa.

Aquello alteró aún más a mi amo, que empezó a tener el sueño ligero y a pasarse las noches dando garrotazos en el arcón al más mínimo ruido. Yo me hacía el dormido.

–¿No oíste nada esta noche, Lázaro? Anduve tras la culebra –me decía.

Yo le respondía que no. Y aunque de noche no podía ni acercarme al arcón, de día, con mi amo fuera de casa, lo abría y, siempre con gran cuidado, algo le sacaba.

Pero empecé a estar muy preocupado. El clérigo se pasaba las noches buscando a la culebra y podía dar con la llave, que yo guardaba en mi cama.

Así que, por estar más seguro, decidí metérmela en la boca para dormir, pues ya con el ciego tenía yo la costumbre de esconder cosas en ella.

Hasta que, una noche, la llave se me colocó en la boca de tal modo y manera que, respirando, el aire que me salía silbaba en la llave como silbido de culebra. Mi amo se despertó, cogió el garrote a oscuras y, guiándose por el oído, llegó hasta mi cama. Pensando en matar a la culebra, me dio un garrotazo

con tanta fuerza y tino que me dejó descalabrado y sin sentido. Según contó después, corrió entonces a por lumbre y, llegando con ella, me vio sangrando mucho y con la llave aún en la boca. La cogió y, tras probarla en el arcón y ver que lo abría, empezó a santiguarse.

Los tres días siguientes los pasé sin sentido. Y cuando lo recobré, me vi echado en aquella cama de paja y con la cabeza llena de ungüentos.

–¿Qué ha pasado? –pregunté, muy dolorido.

–Por fin he cazado a los ratones y a las culebras –respondió el cruel sacerdote.

Los vecinos venían a curarme y a escuchar cómo mi amo contaba lo ocurrido. Y al cabo de quince días, sintiéndome mejor, el clérigo me cogió de la mano, me sacó a la calle y me dijo que ya no estaba a su servicio. Me miró como si yo estuviera endemoniado y se metió en la casa cerrando la puerta tras él.

Tratado tercero

Cómo Lázaro se asentó con un escudero y lo que le ocurrió con él

Sacando fuerzas de flaqueza y con ayuda de las buenas gentes, llegué a esta ciudad, Toledo. Y mientras me veían herido, me daban limosna, pero en cuanto estuve curado, nadie me quiso dar nada.

Y así, de puerta en puerta, me encontré en la calle con un escudero bien vestido.

Se acercó, me miró y yo lo miré a él. Me preguntó si buscaba amo y, como respondí que sí, me dijo:

–Pues vente tras de mí, que Dios te ha favorecido al cruzarte conmigo.

Y tras él me fui. Pasamos por plazas en las que se vendía pan y otras provisiones. Yo deseaba que me

cargara de lo que allí se vendía, pero él llevaba el paso ligero. Entramos en la iglesia y, tras la misa, seguimos caminando hasta que el reloj dio la una de la tarde y llegamos a una casa ante la cual se paró. Parecía tan oscura y triste, que bien podría dar temor a los que en ella entraban. Ya dentro, mi nuevo amo me preguntó

por mi vida y yo le respondí, callando mis males, más de lo que quisiera, pues me parecía hora de mandar poner la mesa. Pero no la había, ni sillas, ni siquiera un triste banco o un tronco de madera para sentarse. Al rato, me preguntó si había comido, a lo que yo respondí que no.

–Yo he almorzado esta mañana y no comeré hasta la noche. Aguanta como puedas hasta entonces –dijo.

Y aunque le respondí que estaba acostumbrado a no comer mucho, empecé a pensar que con este mi amo no comería más que con los otros dos. Me fui a una esquina y saqué un pan duro de los que me

quedaban de las limosnas. Al verme con el pan, me pidió que me acercara y por cómo lo miraba, supe que tenía tanta necesidad de él como yo.

Compartí mi pan con él y vi que daba tan fieros bocados en su parte como yo en la mía. Al acabar, entró en una alcoba pequeña que allí había y salió

con una jarra en la mano. Por un momento, pensé que estaba llena de vino, pero era agua. Bebimos los dos, yo no mucho, porque no eran de sed mis males.

Después, quiso preguntarme algunas cosas más sobre mi vida, a las que yo respondí lo mejor que pude. Y así nos estuvimos hasta la noche.

Me llevó entonces a la alcoba de la que había sacado la jarra y me dijo:

–Mozo, ponte ahí y fíjate bien en cómo hay que hacer esta cama, para que en adelante la hagas.

Pero lo que hicimos no era una cama, era un triste camastro.

–Lázaro, es tarde ya –me dijo entonces–. De aquí a la plaza hay un gran trecho y en esta ciudad andan muchos ladrones. Mañana comeremos, que los que poco comen viven más y más sanos.

"Siendo así, yo nunca moriré, pues siempre por fuerza he seguido esa norma" –pensé yo.

Al día siguiente, me mandó arreglar la casa e ir a por agua. Y me dijo que al salir dejara la puerta bien cerrada y la llave en el quicio, no nos fueran a robar.

Y cuando en la calle lo vi alejarse con porte de caballero, me quedé pensando en que nadie que se topase con él podría imaginar que el día anterior no

había comido más que un mendrugo de pan duro que su criado quiso compartir con él.

Volví a entrar en casa. En un momento la recorrí entera sin hallar en ella más rastro de comida que el que pudiera encontrarse en una piedra. Hice la cama, cogí la jarra y me fui al río.

En las huertas que allí había, busqué tronchos de berzas y con unos pocos desayuné.

Volví a casa y dejé el agua. Y me disponía a barrer, pero no encontré con qué. Estuve esperando a que volviese mi amo, rogando que llevase con él alguna cosa de comer. La espera fue en vano. Llegadas las

dos, como el hambre me aquejaba, cerré la puerta con llave y salí a pedir.

Con voz baja y el nombre de Dios en los labios, llamé en las casas que me parecían más grandes. Y aunque la ciudad no era muy caritativa y el año no había sido abundante, tan gran maestro tuve en el

ciego que antes de que el reloj diese las cuatro yo ya había comido otras tantas libras de pan y llevaba más guardadas, junto con una uña de vaca que me dieron de vuelta a casa. Ya en ella, llegada la noche, me puse a cenar y vi que mi amo no apartaba los ojos de mí. Me dio lástima y pensé en compartir mi comida con

él, pero temí que la rechazara por orgullo. Hasta que, tras dar unos paseos cortos, se me acercó.

–Te digo, Lázaro, que tienes al comer una gracia incomparable. Sólo con mirarte se abre el apetito.

–Señor, este pan está sabrosísimo y esta uña de vaca aún más –respondí yo, para que comiera.

Y con aquellas palabras, se sentó a mi lado y los dos dimos buena cuenta de lo que yo había ganado.

Pasamos así unos diez días más, él paseando su traje de escudero por las calles y yo pidiendo para darle de comer. Hasta que una mañana supe que el alcalde, por ser el año de malas cosechas, prohibía la

mendicidad y avisaba de que se castigaría con azotes en público. Y como a los tres o cuatro días vi pasar una procesión de azotados, me dio tal espanto que no pude salir a pedir.

De esta manera, mi amo y yo nos estuvimos sin probar bocado ni decir palabra, en aquella casa triste

y silenciosa como ninguna. A mí me dieron la vida unas mujeres hilanderas que vivían allí cerca, pero mi amo pasó ocho días sin comer.

–Esta casa es lóbrega, triste y oscura. Y mientras en ella estemos, hemos de padecer. A ver si se acaba el mes y salimos de aquí –decía mi pobre amo.

Y estando en aquella tristeza, un día, no sé cómo, entró feliz con una moneda en la mano. Y parecía que llevaba en ella todo el tesoro de Venecia.

–Toma, Lázaro –me dijo–. Que ya Dios nos ayuda. Corre, ve a la plaza. Compra pan, vino y carne. Y para que te alegres más, te hago saber que he alquilado

otra casa, aunque en esta nos estaremos hasta que acabe el mes. ¡Maldita sea ella y el que le puso la primera teja! ¡No me ha traído más que desgracias!

Cogí la moneda y me fui calle arriba, contento y animado, dando gracias a Dios, cuando vi que calle abajo venían muchos clérigos y gente llevando un

ataúd. Me arrimé a la pared para dejarles sitio y vi que tras ellos iban varias mujeres. Una, seguramente la viuda, lloraba y decía a grandes voces:

–¿A dónde te llevan, marido mío? ¡A la casa triste y desdichada! ¡A la casa lóbrega y oscura! ¡A la casa en la que nunca comen ni beben!

Al oír aquello, me asusté mucho y, metiéndome entre la gente y corriendo lo más que podía, volví a casa, dando voces de auxilio y llamando a mi amo para que viniera a ayudarme.

–¿Qué te ocurre, mozo? ¿Por qué cierras la puerta de ese modo? –preguntó.

Y yo, arrimando el hombro a ella lo más fuerte que podía, le respondí:

–Señor, ¡nos traen un muerto!

Cuando le conté con detalle lo que me acababa de ocurrir y lo que de ello pensaba yo, aunque no tenía por qué sentirse muy alegre, mi amo se estuvo riendo

un gran rato, sin poder siquiera hablar. Recuperado el aliento, me dijo:

–Verdad es, Lázaro, oyendo lo que esa pobre viuda dice, que tuviste razón en pensar lo que pensaste. Pero como ves, aquí no vienen. Anda, abre la puerta y corre a buscarnos de comer.

Y aunque aquel día comimos bien, yo poco lo disfruté, ni los tres siguientes que tardé en recuperar la calma.

Una tarde, estando los dos en casa, me contó su historia. Me dijo que era de Castilla la Vieja, que tenía algunas tierras y que había venido a la ciudad por

una cuestión de honor, que era que un vecino suyo, caballero por más señas, no le mostraba el debido respeto en el saludo. En esto, llamaron a la puerta un hombre y una mujer. Él pedía el alquiler de la casa y ella el de la cama. Y mi amo les dijo, con muy buena respuesta, que tenía que ir a la plaza a cambiar una

moneda, que volviesen por la tarde. Y llegada la tarde, y mi amo sin venir, se presentaron de nuevo el hombre y la mujer. Les dije que el escudero no había vuelto y se marcharon. Hasta que, ya de noche, no quise quedarme solo en casa y llamé en la de las vecinas, contándoles lo que me acababa de ocurrir.

Volvieron al día siguiente. Y cuando les dije que mi amo no aparecía, se fueron a buscar al escribano y al alguacil. Al entrar en la casa y no ver en ella nada de valor, mandó el alguacil que yo fuera preso si no confesaba allí mismo dónde estaban los bienes de mi amo. Y yo dije lo que sabía: que en la casa no había

visto nunca más de lo que ellos ahora veían, pero que mi amo tenía unas tierras en Castilla la Vieja. Y mis vecinas dijeron entonces que yo nada podía saber, pues sólo llevaba unos días con el escudero.

El alguacil se convenció al fin de mi inocencia y determinó dejarme libre. Y así me quedé, pensando

en la ruin fortuna que no paraba de cebarse en mí. Pues siendo costumbre que los mozos dejaran a sus amos, a mí ¡hasta los amos me abandonaban!

Tratado cuarto

Cómo Lázaro se asentó con un fraile de la Merced y lo que le ocurrió con él

Y así, me vi buscando un cuarto amo, que vino a ser un fraile de la Merced al que mis antiguas y compasivas vecinas me encaminaron.

Era gran enemigo de comer en el convento, muy aficionado a andar fuera y amiguísimo de negocios

seglares y de hacer visitas. Andaba tanto, que creo que rompía él más zapatos en un mes, que todos los demás monjes del convento en un año.

Y él, precisamente, me dio los que fueron mis primeros zapatos. Aunque no me duraron más de ocho días. Estando, como yo estaba, acostumbrado a

caminar, no podía seguir los ágiles pasos de aquel fraile tan andarín. Y por esto y por otras cosillas que no contaré, me fui de su lado, pensando ya en buscar otro amo.

Tratado quinto

Cómo Lázaro se asentó con un buldero y las cosas que con él pasó

Por fortuna, el quinto que tuve fue un buldero, un vendedor de bulas, el más desenvuelto y desvergonzado que yo vi, ni creo que nadie vea jamás. Sus maneras y sus ingeniosas invenciones merecían la mayor admiración. Cuando llegaba a algún lugar en el que tenía que presentar la bula, lo

primero que hacía era visitar a los curas, a quienes siempre regalaba alguna cosa. Con ello, intentaba que le ayudasen a que los feligreses tomaran la bula. Y cuando por las buenas no la tomaban, por las malas la daba él usando mil artificios. Aunque uno que yo cuente bastará para que se me entienda.

En una ocasión, llevaba tres días predicando en un pueblo y nadie le tomaba la bula ni parecía tener intención de hacerlo. Así que, contrariado, dijo que los invitaba a todos, al día siguiente por la mañana, para despedir la bula. Y esa noche, en la posada, tras la cena se pusieron el alguacil y él a jugar a las cartas.

Por el juego, empezaron a discutir. Mi amo llamó ladrón al alguacil y el alguacil llamó falsario a mi amo, que se levantó y cogió una lanza que allí mismo había para atacar al alguacil.

El alguacil desenvainó su espada y, de no ser por la mucha gente que acudió a separarlos, aquel asunto

habría acabado mal. En el alboroto, el alguacil le dijo a mi amo, alto y claro, que las bulas que predicaba eran falsas. Al oírlo, los del pueblo se lo llevaron de la posada. Mi amo se quedó muy enojado y alterado, hasta que, un poco más tarde, ya calmados todos, nos fuimos a dormir.

Y al día siguiente, mi amo entró en la iglesia y mandó tocar a misa para despedir la bula. El pueblo se reunió para la ocasión, pero ya se oía comentar que el alguacil había dicho que las bulas eran falsas.

Mi amo se subió al púlpito y empezó a animar a la gente a que no se quedasen sin tanto bien como la

bula traía. Y estando en lo mejor del sermón, entró el alguacil por la puerta de la iglesia. Se santiguó y, con voz bien alta, dijo a los presentes que las bulas que mi amo vendía eran falsas y que le había prometido repartir las ganancias. Unos hombres honrados que allí estaban quisieron echar al alguacil, pero mi amo

les pidió que lo dejaran acabar y se quedó también él en silencio.

–Mucho más podría yo decir de vuestra falsedad, aunque por ahora basta –añadió el alguacil.

Mi amo se hincó entonces de rodillas en el púlpito y juntó las manos mirando al cielo.

–Señor Dios, a quien ninguna cosa se oculta y a quien nada es imposible –dijo con gran devoción–, Tú sabes la verdad y que he sido injustamente acusado por este alguacil. Yo lo perdono y Te pido que no lo mires a él, pues no sabe lo que dice, sino a la injuria que ha hecho. Te suplico y Te pido que por justicia no

disimules, porque algunos de los que aquí están y que pensaban tomar esta bula, quizá dando crédito a las falsas palabras de ese hombre lo dejarán de hacer. Por eso, Señor, yo Te lo ruego, muéstranos aquí un milagro y que sea de esta manera: si lo que él dice es verdad y yo he traído bulas falsas, que este púlpito se

hunda conmigo y ni él ni yo aparezcamos jamás. Pero si es verdad lo que yo digo y este alguacil miente, llevado por el demonio, por privar a los presentes de tan gran bien, castígalo.

Al instante, el alguacil quedó paralizado y cayó al suelo dando tal golpe que la iglesia entera resonó.

Empezó a echar espuma por la boca. Se revolcaba y daba puñetazos y patadas. Más de una docena de hombres tuvieron que sujetarlo para que se calmase.

Entonces, mi amo se bajó del púlpito e hizo una larga súplica en la que le dijo a Dios que no quería la muerte del pecador, sino su vida y arrepentimiento.

Que le perdonara y le diera buena salud, con el fin de que confesase sus pecados.

Y dicho esto, mandó que le llevaran una bula para ponérsela al alguacil sobre la cabeza. Al rato, aquel hombre empezó a estar mejor y volver en sí. Y en cuanto recuperó la serenidad, corrió a echarse a los

pies de mi amo y, pidiéndole perdón, confesó haber dicho todo aquello por mandamiento del demonio. Mi amo le perdonó y enseguida se reconciliaron.

Y hubo tanta prisa por tomar la bula, que allí no quedó ni un ánima viviente sin ella. Y cuando a otros pueblos corrió la noticia del milagro, mi amo llegaba

a ellos y hasta le quitaban las bulas de las manos. Ni siquiera iba a la iglesia, o predicaba su sermón, pues en las posadas mismas las vendía como si fueran peras que se dieran de balde.

He de confesar que, cuando ocurrió aquello, yo me admiré y creí devotamente como el que más. Aunque

viendo después las risas y las burlas de mi amo y el alguacil, y cómo se repartían el dinero con alegría, supe que todo había sido urdido por aquel ingenioso buldero.

Me hizo gracia el asunto, pero me quedé pensando en los que viven de la buena fe de los inocentes.

Y estuve con este mi quinto amo cerca de cuatro meses, en los cuales también pasé algunas fatigas.

Tratado sexto

Cómo Lázaro se asentó con un capellán
y lo que con él pasó

Tras el buldero, me asenté con un maestro de pintar panderos. Me mandaba que le moliera los colores que usaba en sus pinturas. Y también con él sufrí mil males.

Por aquel entonces yo era ya mozuelo y, un día, estando en la iglesia mayor, un capellán me tomó a su

servicio. Me puso en poder de un buen asno y cuatro cántaros y empecé a vender agua por la ciudad.

Y con este trabajo subí el primer peldaño para alcanzar la buena vida. No ganaba mucho, pero como estaba acostumbrado a vivir con muy poco, al cabo de cuatro años ya había ahorrado para comprar ropa

con la que vestirme honradamente. Y en cuanto me vi con buenos hábitos y espada, le dije a mi amo que tomase su asno, que no quería seguir en aquel oficio.

Tratado séptimo

Cómo Lázaro se asentó con un alguacil y lo que le ocurrió con él

Despedido del capellán, entré al servicio de un alguacil. Pero con él duré muy poco, pues el oficio me pareció peligroso, en especial porque una noche nos persiguieron a mi amo y a mí con palos y a pedradas. Por suerte, no me alcanzaron, aunque sí al pobre de mi amo, que no corría tanto como yo y le

dieron una buena paliza. Con aquello, me despedí para siempre del alguacil.

Y pensando cómo podría vivir honradamente y ganar algo para la vejez, quiso Dios alumbrarme y me puso en el buen camino. Con la ayuda de algunos amigos y señores, todos los trabajos y fatigas que

había pasado hasta entonces di por bien empleados, pues ahora soy pregonero en Toledo.

Y en este oficio de pregonero recorro la ciudad contando las cosas que se han hallado perdidas, los delitos de los que padecen persecución por la justicia o lo que algunos desean vender para que otros lo

compren. Y así, pregono los vinos que vende el señor arcipreste de la iglesia de San Salvador, el cual, viendo mi habilidad y sabiendo de mi persona, quiso casarme con una criada suya.

Y por su consejo, con ella me casé. Hasta ahora no estoy arrepentido. Es trabajadora y me trata bien. La

quiero más que a nadie en el mundo. Y tengo en mi señor arcipreste todo el favor y ayuda, pues tanto nos estima que hasta nos hizo alquilar una casita que queda cerca de la suya.

Casi todos los domingos y festivos comemos con él. Y cuando no nos da algo de trigo, nos trae carne o

unos panes de los mejores, o manda que me traigan la ropa que él no necesita.

Y tras haber servido y padecido a tantos amos como he contado a Vuestra Merced, aquí, en la ciudad de Toledo, he alcanzado mi prosperidad y vivo en la cumbre de la buena fortuna.

Fin

Índice

Prólogo 7

Tratado primero
Cuenta Lázaro de quién es hijo y algunas cosas más 13

Tratado segundo
Cómo Lázaro se asentó con un clérigo y las cosas que con él pasó 84

Tratado tercero
Cómo Lázaro se asentó con un escudero y lo que le ocurrió con él 121

Tratado cuarto
Cómo Lázaro se asentó con un fraile de la Merced y lo que le ocurrió con él 152

Tratado quinto
Cómo Lázaro se asentó con un buldero y las cosas que con él pasó 156

Tratado sexto
Cómo Lázaro se asentó con un capellán y lo que con él pasó 174

Tratado séptimo
Cómo Lázaro se asentó con un alguacil y lo que le ocurrió con él 178